사랑할 때 우리는

사랑할 때 우리는

FINCHÉ REGGE IL CUORE

지안루카 갈로 지음 I 김성준 옮김

M31

사랑할 때 우리는

초판 1쇄 발행 2018년 6월 20일

지은이 지안루카 갈로
옮긴이 김성준
발행인 김시경
발행처 M31

출판등록 제2017-000079호 (2017년 12월 11일)
주소 서울시 강서구 방화대로34길 88, 107-907
전화 02-6052-2044
팩스 02-6053-2044
전자우편 HYPERLINK "mailto:ufo2044@gmail.com"ufo2044@gmail.com

ISBN 979-11-962826-2-2 02880
이 도서의 국립중앙도서관 출판예정도서목록(CIP)은 서지정보유통지원시스템 홈페이지(http://seoji.nl.go.kr)와
국가자료공동목록시스템(http://www.nl.go.kr/kolisnet)에서 이용하실 수 있습니다.(CIP제어번호: CIP2018015305)

프롤로그

언제부터 그림을 그리기 시작했는지 정확히 기억나진 않지만, 아주 어릴 적 글을 읽고 쓰기 전부터였다는 건 분명하다. 나는 삐뚤빼뚤 엉성한 그림들로 스케치북을 채웠고, 그림책이나 만화책을 펼쳐놓고 연필로 선을 따라 그리곤 했다. 그렇게 내 안에서 샘솟는 온갖 생각과 말하고 싶은 것들을 이미지를 통해 표현했다.

나는 내성적인 아이 치고는 자기표현이 활발했다. 할 말이 많다고 느꼈지만 신중하게 표현하는 쪽을 택했고, 그러는 데 있어 그림은 최상의 수단이었다. 그림만으로도 충분히 만족스럽게 나를 표현할 수 있었으니까.

커가면서 몇 가지 변화가 생겼다. 음악을 알게 되고 직업으로 삼게 되면서, 그림은 순전히 사적인 영역으로 밀어놓게 되었다. 그렇지만 나의 내면과 본 모습을 표현하는 데 있어 그림은 여전히 중요한 수단이었고, 매 순간 나와 함께해왔다.

물론 음악도 나 자신을 표현하는 강력한 수단이다. 수년간 무대를 오르내리며 연주하고 곡을 쓰고 노래를 들었고, 이 모든 것들이 나의 세상이 되었다.

세상일에는 기대한 대로 되지 않는 것들이 있게 마련이다. 사랑하는 사람과 헤어진 후, 마치 낙하산 없이 깊숙한 나락으로 추락한 것처럼 마음이 찢어지고 뼈가 부서지는 듯한 아픔을 겪었다. 그리고 모든 것을 제자리로 돌려놓으려 무진 애쓰는 동안, 그녀가 오랫동안 영혼 깊은 곳에 한 가지 아주 중요한 것을 숨겨왔다는 것을 알게 되었다.

그 순간 내가 느꼈던 감정이 나 혼자만의 것은 아님을 깨달았다. 다른 많은 이들도 똑같이 경험했을 법한 것들이었다. 나는 그림을 통해 그런 마음을 표출했고 다른 사람들에게도 내 마음의 소리를 들려주기 시작했다. 그런 감정은 어떤 장벽이나 거리의 제약 없이 보편적으로 통하는 법이니까. 아주 멀리 떨어져 있는 사람들과도 깊은 감정을 나누며 공감대를 형성할 수 있다는 것, 이건 정말 대단한 일이다. 명확히 설명할 수는 없지만 분명 아주 감사할 만한 놀라운 일이다.

나는 벽돌을 하나하나 쌓듯이 나 자신을 찾아가기 시작했고, 어느덧 빛이 바래 흑백의 감정으로 남은 것들을 희망의 잉크로 새겨놓았다. 이렇게 빈 종이에 그림을 그리면서 나는 내 작은 세상 속을 채워나가고 있다.

GIANLUCAGALLO 2017

GianlucaGallo

우리는 헤어졌다

바다의 파도처럼

산산이 부서지고 말았다

GIANLUCAGALLO

넌 이제 여기에 없어

넌 잠시 나를 뒤흔든 한 차례 바람이었을 뿐이야

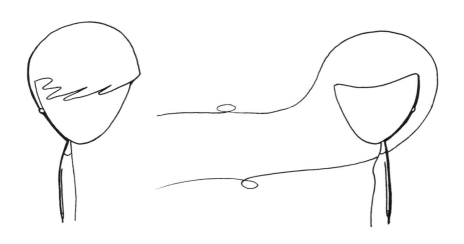

GIANCUCAGALLO

수많은 너의 머리카락들

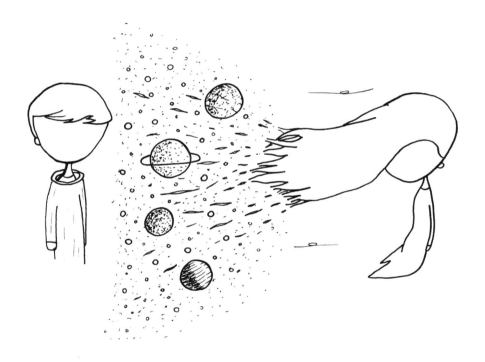

GIANLUCAGALLO

너에게 가 닿는 길

때로는 마음이 서로 맞지 않아

둘로 포개지기도 했었지

GIANLUCAGALLO

궤도를 돌고 도는 두 행성처럼

우리는 서로를 끝없이 찾아 헤매고 있어

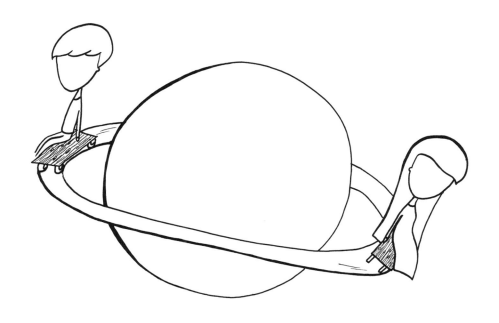

GIANCUCA GALLO

우리의 관계

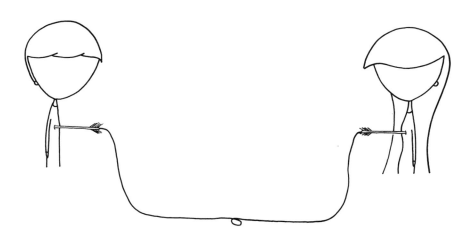

GiancucaGallo

너무나 멀어져버린 우리 사이

우리의 바다

묵직한 닻처럼

내 마음에 자리한 너란 존재

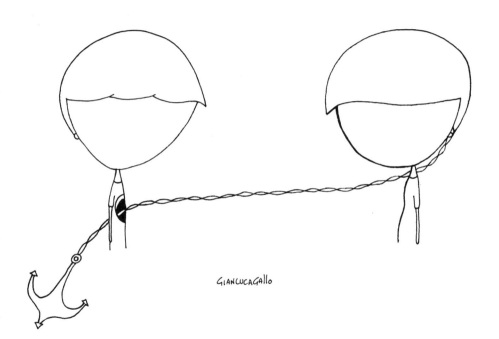

GianLucaGallo

시간이 얼마 남지 않았어

GIANLUCAGALLO

내가 앞으로 또다시 어떤 잘못들을 되풀이할지,

계속해서 곰곰 생각해보고 있어

GIANLUCAGALLO

풀 한 포기 자라지 못할 척박한 땅 위에

뿌리를 단단히 내리고,

거센 태풍 속에서도

우린 꽃으로 피어났지

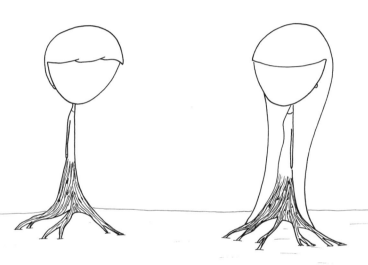

서서히 녹아 사라져버린다

GIANLUCA GALLO

비 오는 날

GIANLUCAGALLO

우리들의 한계를 넘어서

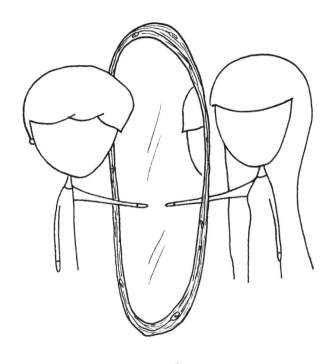

GIANLUCAGALLO

내가 너를 계속 믿어도 될지

제발 내게 알려줘

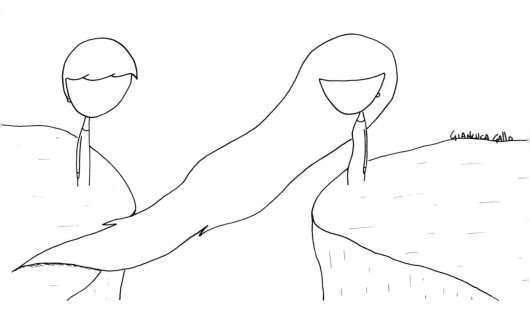

수많은 사람들 속에서

나는 기어코 너를 찾아내지만

너를 가질 수 없다는 건 이미 너무나 잘 알고 있어

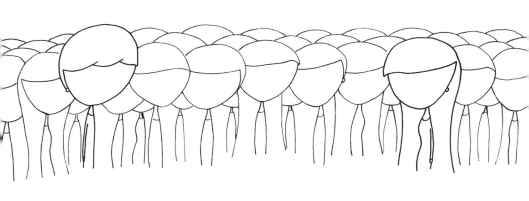

GIANLUCAGALLO

싸늘한 모습이 서로 이토록 닮아버려서

더는 구별할 수조차 없게 되었어

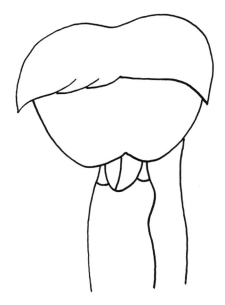

GIANLUCAGALLO

네가 홀연히 사라져버리곤 했던 때처럼,

나는 그저 멍하니 서 있을 뿐

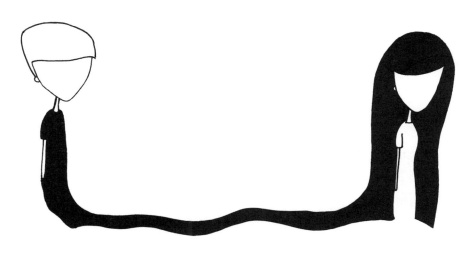

GianlucaGallo

네가 느끼는 두려움이 무엇인지

나는 가만히 헤아려본다

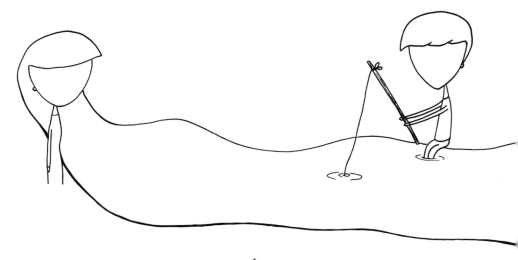

함께 숨자

싫지만 차마 꺼버릴 순 없는 불꽃 같아

GIANLUCAGALLO

내면에 불어닥치는 쓰나미

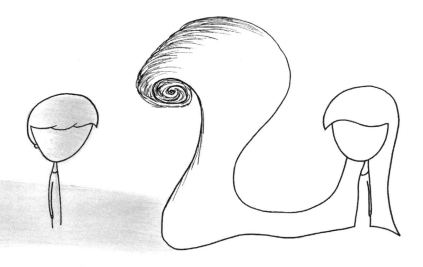

이제 우린

언제라도 서로를 정말로 잃어버릴 수 있어

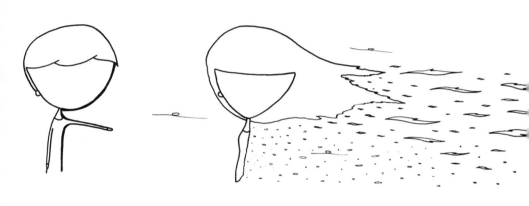

GianlucaGallo

폭포수처럼 내리붓는 너의 머리카락

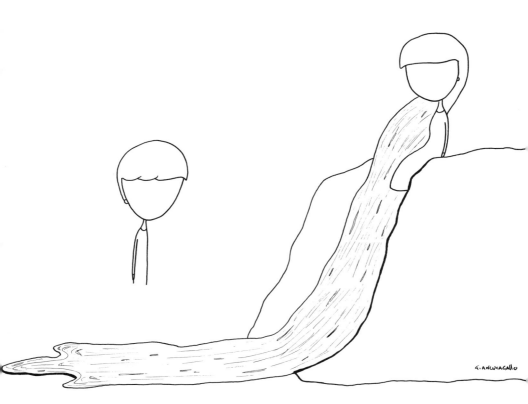

더 이상 남아 있는 게 아무것도 없구나

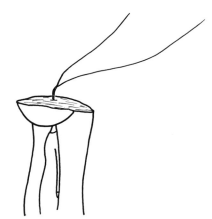

GIANLUCAGALLO

너는 하나의 그림자일 뿐

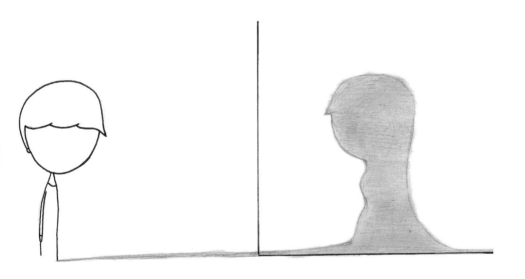

GIANLUCAGALLO

난 매일 맘속에서

너의 빈자리를 조금씩 키워가고 있어

기억의 조각 모으기

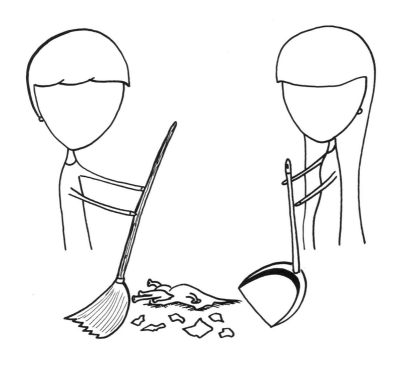

GIANLUCAGALLO

지금 우리에게 남아 있는 건

함께했던 지난 시간들뿐이야

GIANLUCAGALLO

조금씩 사라져간다

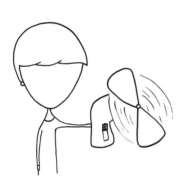

G.ANLUCAGALLO

서로를 위한 안전 거리

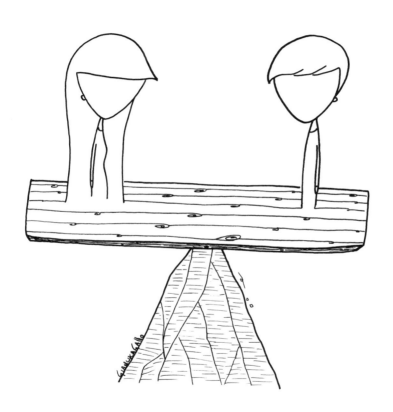

찬바람이 불어오거든

내가 어떤 사람이었는지 기억해

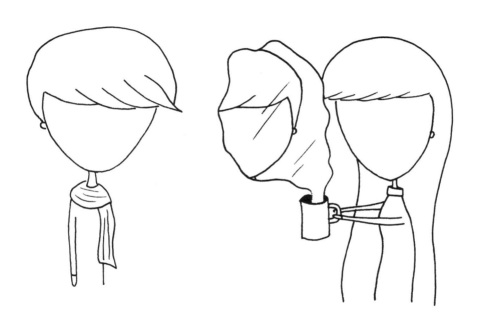

GIANLUCAGALLO

너라는 산에 오르기

GianlucaGallo

꽁꽁 얼어버린 너의 머리카락

GIANLUCAGALLO

모든 것에는 틈이 있게 마련이고,

그 틈으로 한 줄기 빛이 새어들지

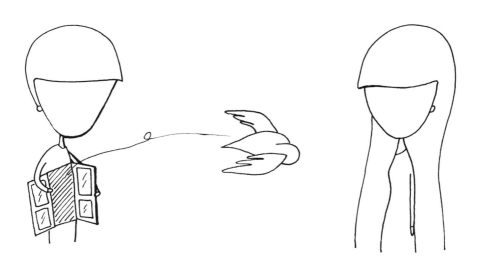

GIANLUCAGALLO

너의 머리카락 하나하나에

우리의 추억이 새겨져 있어

GIANLUCAGALLO

네가 꺼내놓은 진실

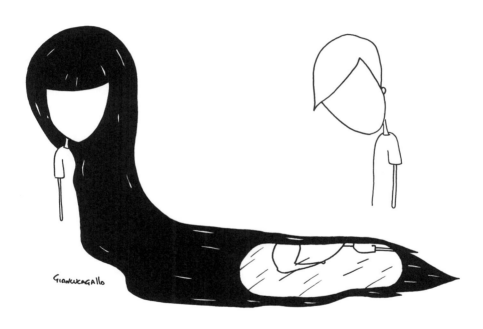

나를 옭아맨 기억

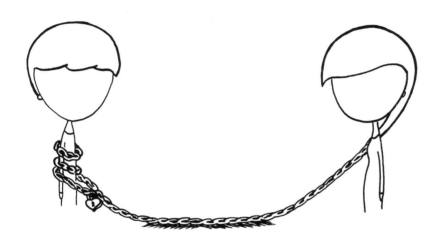

GIANLUCAGALLO

무의미한 너에게 사로잡혀버렸다

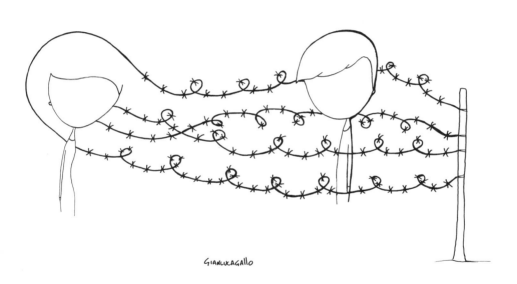

너를 계속 사랑한다는 것

내 몸 구석구석 뻗어 있는 혈관 속에

너의 자리를 내어준 이후

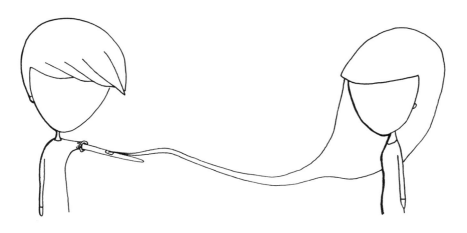

GIANLUCAGALLO

모든 게 산산조각 나고 말았어

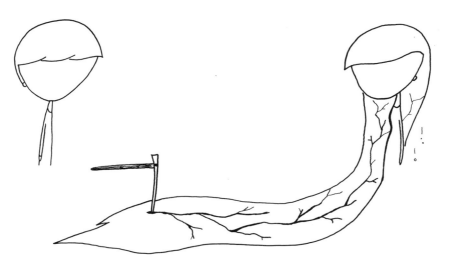

GIANLUCAGALLO

분명 너와 함께 있는데

나는 왜 혼자인 것 같을까

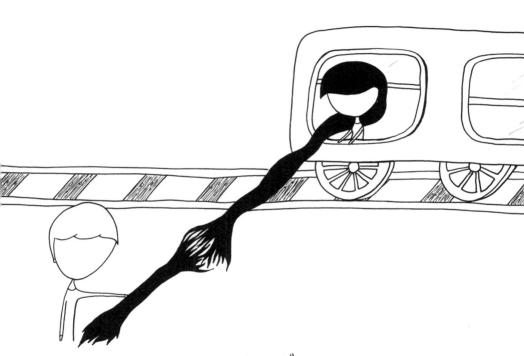

GIANLUCAGALLO

그날 밤의 무게

GIANLUCAGALLO

너를 지운다

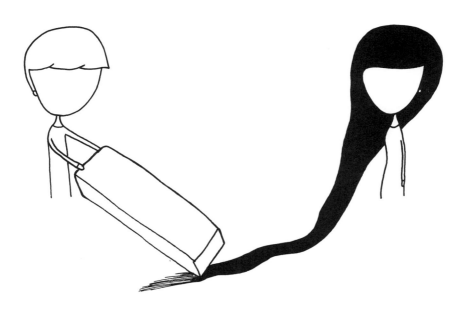

GIANLUCAGALLO

사랑의 줄다리기

GianlucaGallo

너에게서 헤어날 출구가 보이지 않아

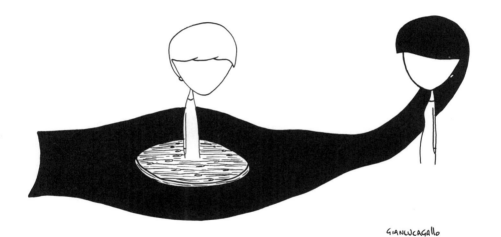

GIANLUCAGALLO

비수처럼 내 맘을 파고드는 수많은 칼날

GIANLUCAGALLO

매일이 그날 밤 같다면 얼마나 좋을까

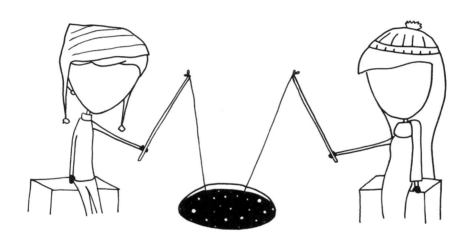

GianLucaGallo

우리는 떨어지는 낙엽을 세어보았지

GiANLUCAGALLO

밤이 오기 전까지

함께 누워 있기로 해

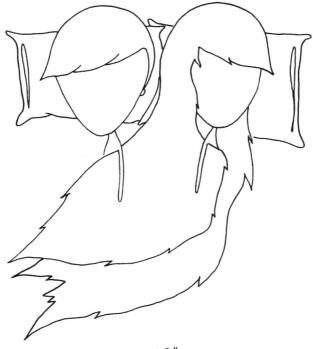

GIANLUCA GALLO

바람에라도 실려서

내 마음이 너에게 가 닿기를

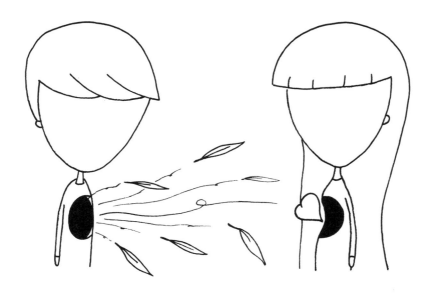

GIANLUCAGALLO

배터리가 부족해

네가 충전 좀 해줘

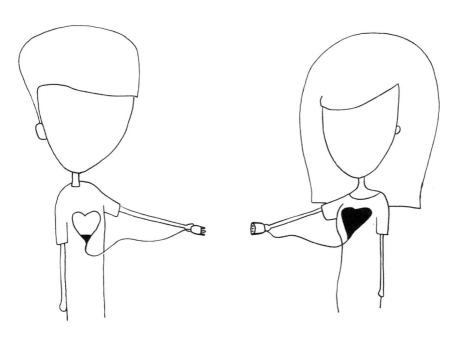

GIANLUCAGALLO

끝없는 갈증

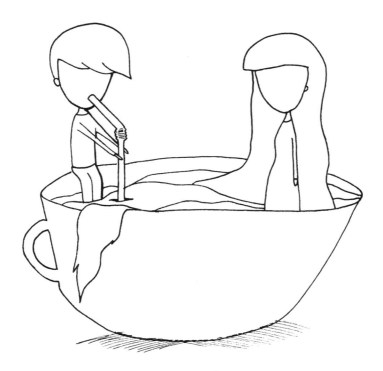

GIANLUCAGALLO

진정한 사랑은 기다림이야

GIANCUCAGALLO

한순간에

눈처럼 녹아내린다

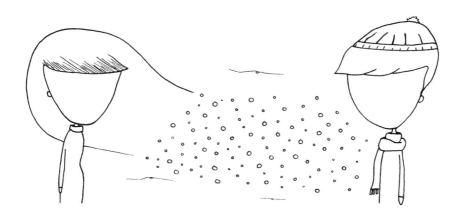

GIANLUCAGALLO

너의 머릿속은 마치 울창한 가로수길 같아

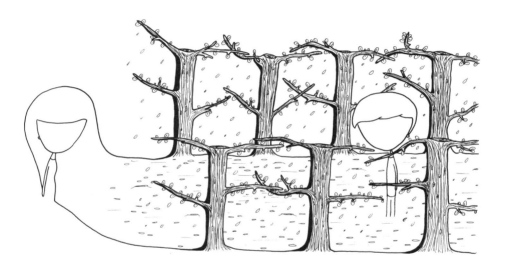

GIANLUCAGALLO

내가 얼마나 멋지고 괜찮은 놈인지

구구절절 늘어놓아 봤지만,

너에겐 이제 하나도 안 먹히더라

GIANLUCAGALLO

이제 그만 너를 놓아주려 해

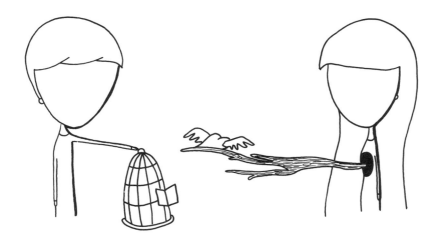

GIANLUCAGALLO

우리 사이에 항상 놓여 있던

사랑의 덫

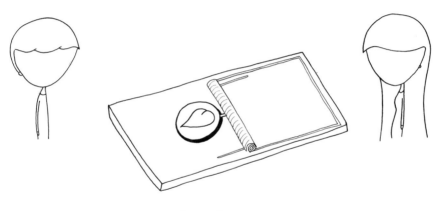

GIANCUCAGALLO

서로 생각하는 가치가 달라

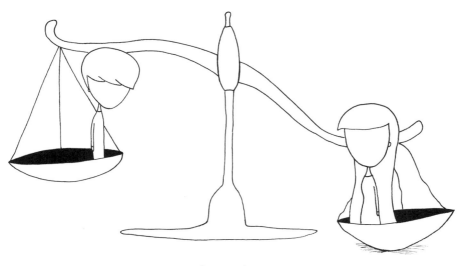

GIANLUCAGALLO

석양이 지고 나면

밤이 온다는 걸 뻔히 알면서도

우리는 어떻게든 그 사실을 외면하려 애썼지

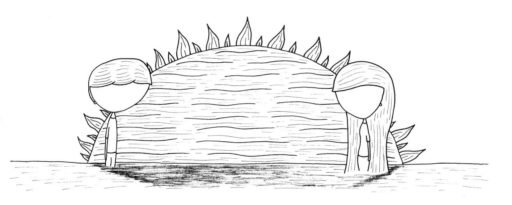

빛을 피해 같이 숨지 않을래?

내가 있는 공간 속으로

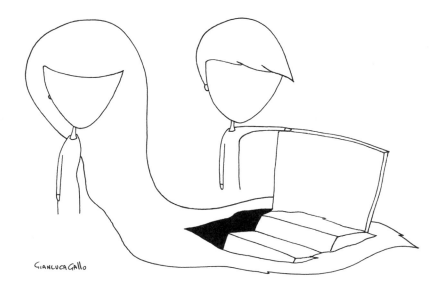

마음의 공중 곡예

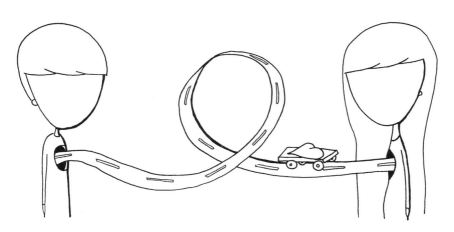

GiaNLUCAGAllo

언젠가는 우리가 다시 만날 수 있을까?

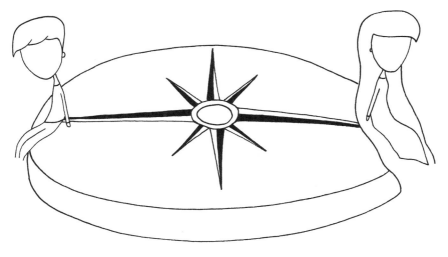

GIANLUCAGALLO

꽃피는 그날에

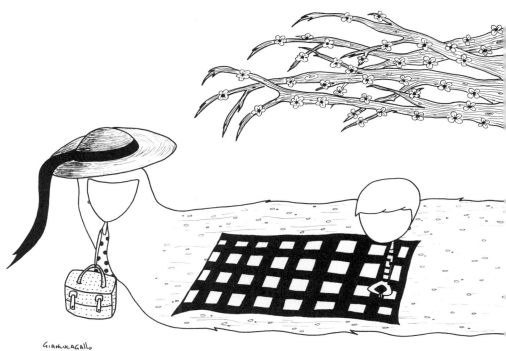

폭풍이 몰아치는 거친 바다 위에

망연히 떠 있는 것 같아

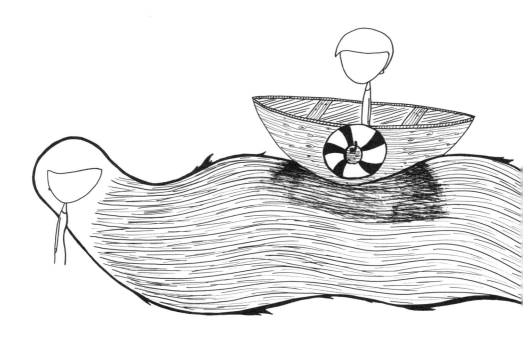

GianlucaGallo

오늘도 어김없이 밤이 찾아오고야 말았어

GIANLUCAGALLO

심장이 완전히 멎는 그날까지

GIANLUCAGALLO

그때의 너를 되살리고자 인공호흡 중

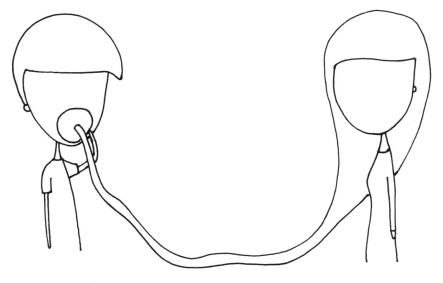

GIANCOCAGALLO

별들의 지도

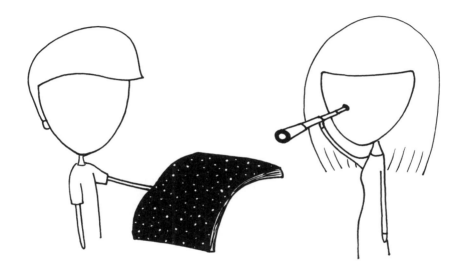

GIANLUCAGAllo

자고 있는 너를 바라보는 게

책을 읽는 것보다 더 즐거워

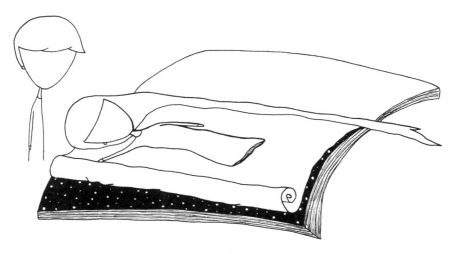

GianlucaGallo

너는 내 세상 전부야

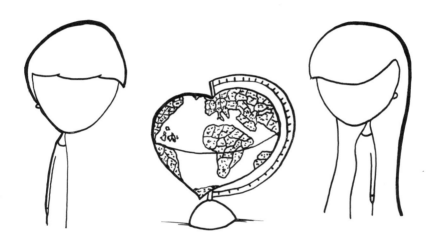

GIANLUCAGALLO

자꾸만 흔들리는 너

이제 그만 나에게 돌아와줄 순 없겠니

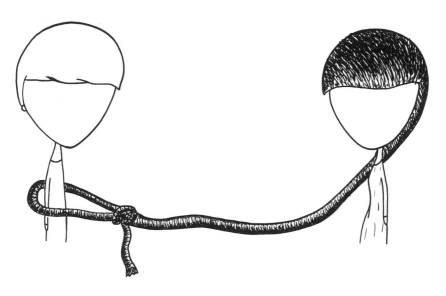

GIANLUCAGALLO

내가 아는 거라곤

오로지 너에게로 가는 길뿐이야

상처투성이인 네 모습이

내 눈엔 더 예쁘게 보여

나의 악몽을 모조리 가져가줘

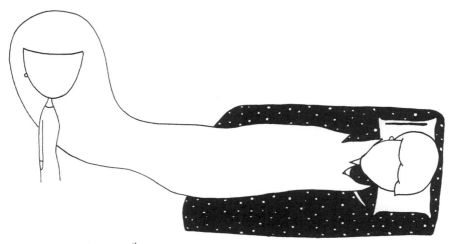

GIANLUCAGALLO

어둠 속에서 너를 찾을게

 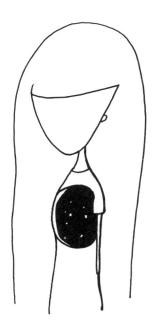

GIANLUCAGALLO

한 그루 나무를 함께 키워가는 일

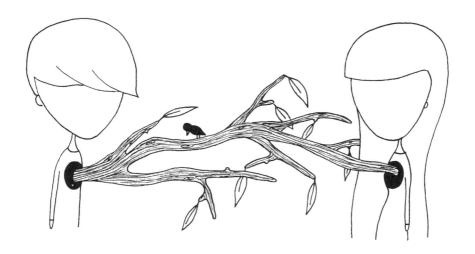

GIANLUCAGALLO

우리 함께 문제들을 극복해나가자

GIANLUCAGALLO

결국에는 하나의 답이 있게 마련이지

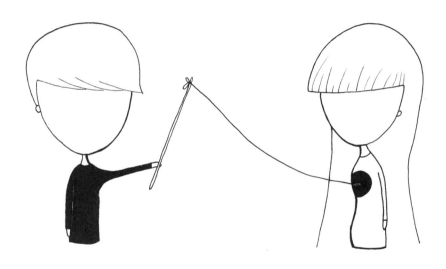

GIANLUCAGALLO

너에 대한 기억을 부수고 싶어

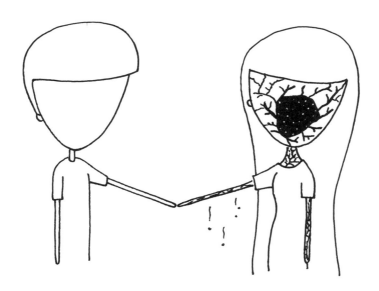

GIANCUCAGALLO

우리의 마음을 오가는 아슬아슬한 길

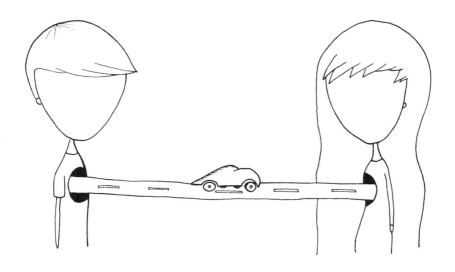

GIANLUCAGALLO

너의 영혼에 이끌려간다

나, 너 그리고 달

GIANLUCAGALLO

제발 나를 받아줘

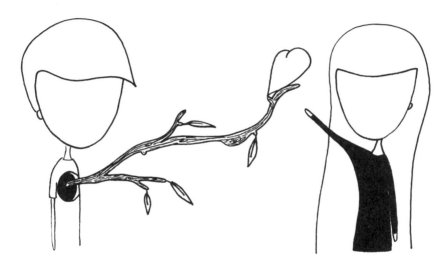

GIANLUCAGALLO

우리 함께 항해하자

너와 나의 두 세상

GIANLUCA GALLO

아픈 추억이 방울방울 떨어져

내 마음에 구멍을 내고 있어

나의 도시

GIANLUCAGALLO

같은 달 아래

함께 있는 너와 나

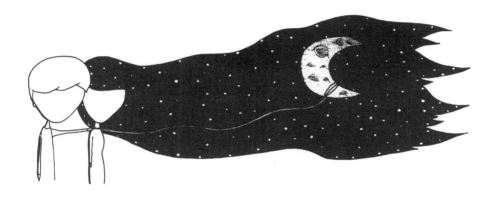

GIANLUCAGALLO

내 마음을 파고드는 너

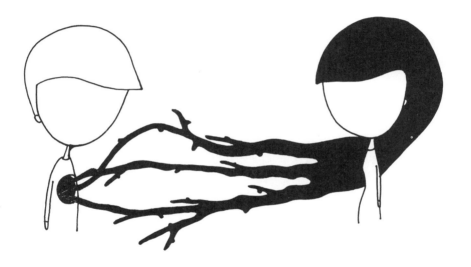

GIANLUCAGAllo

9월

나는 지난 봄을 기억해

GIANLUCAGALLO

안을 자세히 들여다본다

너의 우주를 통해

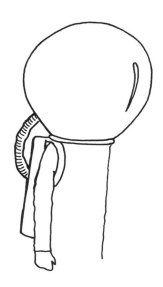

GiancucaGallo

우리 함께 밤을 지새자

GianlucaGallo

끝없이 이어지는 우리의 게임

GIANLUCAGALLO

속수무책으로 밀려들어오는 너란 존재

우리의 꿈들

네가 나를 사랑하는 꿈을 꾸었어

폭풍 전야

우리가 타고 있던 배는

결국 완전히 난파되고 말았다

세상에서 멀찍이 떨어져나와

제각각 자신만의 특별한 세계를

구축하고 있는 우리는

GIANLUCAGALLO

서로 다른 작은 우주인가 봐

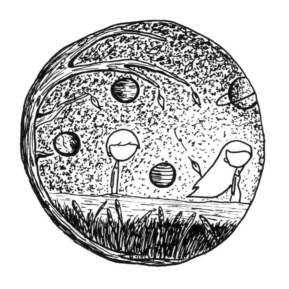

GIANCUCAGALLO

SOUNDTRACK

AFTERHOURS
Lasciami leccare l'adrenalina

AMOR FOU
Il periodo ipotetico

BECK
Everybody's Gotta Learn Sometime

BOB DYLAN
Girl From the North Country

BON IVER
I Can't Make You Love Me

CALCUTTA
Oroscopo

CIGARETTES AFTER SEX
Keep on Loving You

COEZ
Jet

COLAPESCE
Niente più

COSMO
Regata 70

DANIEL JOHNSTON
True Love Will Find You in the End?

DAUGHTER
Love

DEATH CAB FOR CUTIE
I Will Follow You Into the Dark

DUFF
Solo

EDDA
Saibene

EX-OTAGO
Quando sono con te

FINE BEFORE YOU CAME
Paese

FRANCESCO MOTTA
Una maternità

GAZEBO PENGUINS
Nebbia

GOMMA
Elefanti

JOSÈ GONZALES
Heartbeats

KINGS OF CONVENIENCE
My Ship Isn't Pretty

LEONARD COHEN
Anthem

LUCIO BATTISTI
Due mondi

LUCIO DALLA
Cara

MASSIMO VOLUME
Dopo che

MAZZY STAR
Into Dust

MICAH P. HINSON
Patience

MOLTHENI
E poi vienimi a dire che questo amore non
è grande come tutto il cielo sopra di noi

NICCOLÒ FABI
Facciamo finta

NICO
These Days

PAOLO BENVEGNÙ
Cerchi nell'acqua

PIERO CIAMPI
Adius

RADIOHEAD
True Love Waits

SLOWDIVE
Crazy for you

SMASHING PUMPKINS
Bleed

THE BEATLES
Across the Universe

THE NOTWIST
Consequence

THE SMITHS
Last Night I Dreamt that Somebody Loved Me

VERDENA
Le tue ossa nell'altitudine

감사의 글

매일 사랑으로 나를 지지해준 가족에게 진심으로 감사드린다. 프란체스코 도미넬리, 아니타 피에트라, 프란체스카 베르타쪼니, 로베르타 그라셀리 그리고 이 책을 위해 최선을 다해준 모든 사람들에게 감사의 말씀을 전한다.

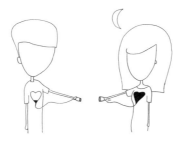

FINCHÉ REGGE IL CUORE